Cora Friedrichs

Fantastisches Nordhessen

Bilder einer märchenhaften Region

BERGPARK WILHELMSHÖHE   DER GRÖSSTE BERGPARK EUROPAS

IN DER DÖLLBACHAUE   KASSEL ROTHENDITMOLD

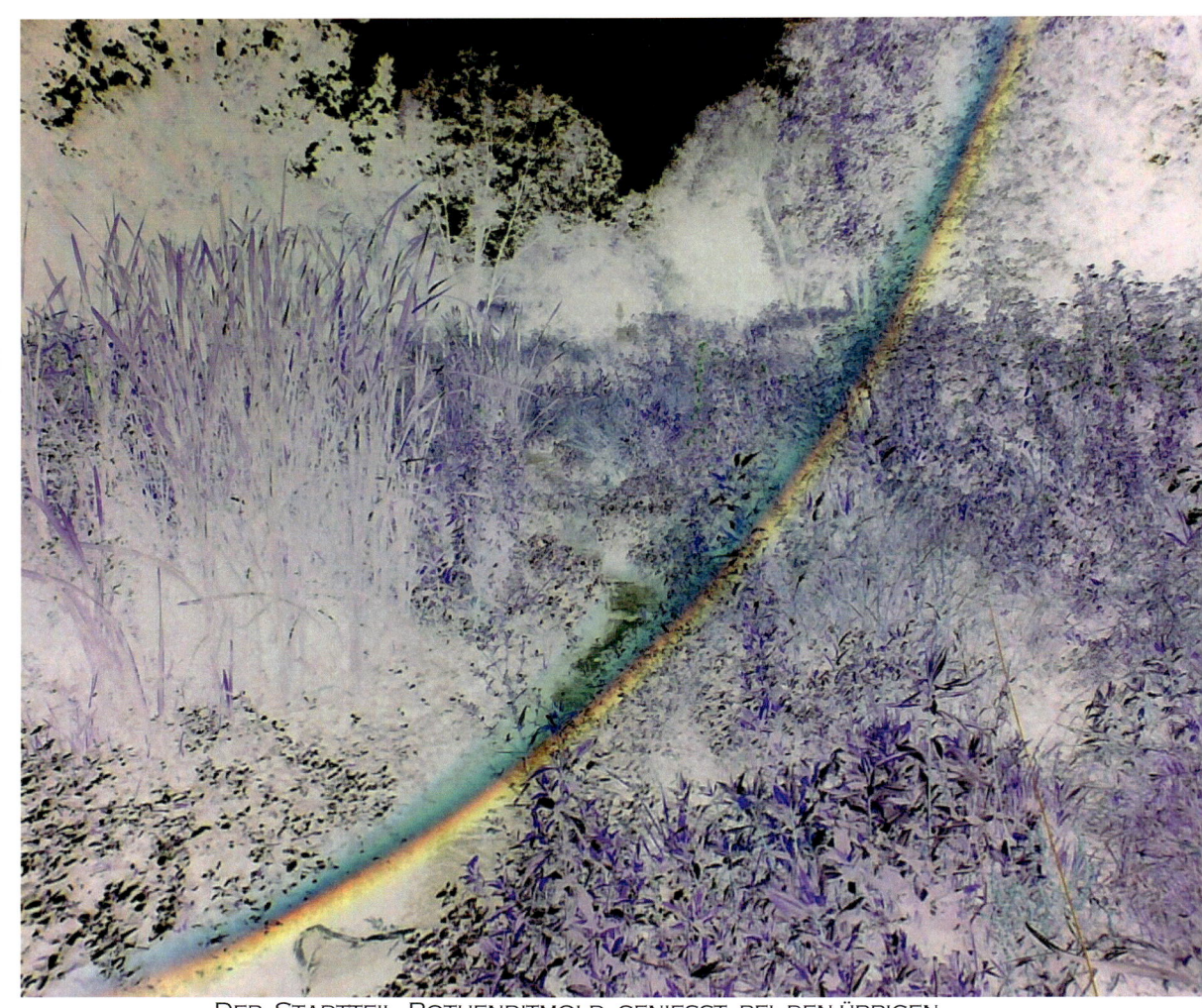

DER STADTTEIL ROTHENDITMOLD GENIESST BEI DEN ÜBRIGEN
KASSELERN KEINEN SEHR GUTEN RUF. NICHT NUR DESWEGEN IST DAS
VIERTEL EINE PARALLELWELT FÜR SICH. IHRE INNERE SCHÖNHEIT
WEISS SIE VOR DEN BEWOHNERN DER ANDEREN ZWEIUND-ZWANZIG
STADTTEILE MEIST WOHL ZU VERBERGEN.

Am Döllbach

NATURRAUM SCHRECKENBERGE

ÜBER EHLEN / DIE FULDA BEI KASSEL - WOLFSANGER

GEWITTERHIMMEL ÜBER ZIERENBERG

WICHTELKIRCHE BEI ZIERENBERG

DIE NORDHESSEN HABEN ES NICHT SO MIT GEFÜHLEN:
„EINST VERLIEBTE SICH EIN LISTIGER WICHTELKÖNIG IN EIN
JUNGES MÄDCHEN AUS ZIERENBERG UND BEGEGNETE IHR
IN MENSCHENGESTALT. DOCH DIE BEIDEN TRENNTE IHR
UNTERSCHIEDLICHER GLAUBE UND NUR UNTER DER BEDINGUNG,
DASS ER CHRIST WERDE, SOLLTE DIE HOCHZEIT STATTFINDEN.
EIGENS FÜR DIE VERMÄHLUNG BAUTE ER EINE KLEINE KIRCHE AUS
FUNKELNDEM BERGKRISTALL AN DER QUELLE DES HEILERBACHS.
DOCH FÜR DAS MÄDCHEN BLIEB DIE SCHÖNE KIRCHE KALT UND
SEELENLOS, SO DASS ES DIE EHE ABLEHNTE. DARAUF VERWANDELTE
SICH DIE KIRCHE IN GRAUES BASALTGESTEIN." REGIOWIKI

...NUR GUT, DASS DIESES BASALTGESTEIN AUCH SEHR SCHÖN IST:

DER HOHLESTEIN

Der Hohlestein

`Sagen sie mal,´ raunte Jochen, gebadet, neu eingekleidet
und bereits ein bisschen betrunken, während Bonifatius
unter der Bank sass und schon heimlich frass,
`Haben die auf der Burg da drüben ...´ –
er wies in die Richtung der Igelsburg –
`... was mit denen zu tun?!´ –
`Nö,´ sagte der Wirt.
Und so lief Jochen am nächsten Tag gleich mal dort hin.
Das geheimnis der Kasseler Berge

RAUREIF AN ROSA CANINA

WILDE CLEMATIS UND GEISSBLATT

DIE HOLZIGEN RANKEN WAREN MITEINANDER VERFLOCHTEN, DIE WAREN GANZ SCHÖN STABIL. `WIRD´S DANN NU NOCH WAS,´ FRAGTE FENGUR, UND KLANG ERLOSCHEN.
`ÜBRIGENS, DER RIESENHIRSCHZÜCHTER IST TOT.´ - `JA, JA.´- `*JA JA* MICH NICHT AN...´ FINCHEN PUSSELTE NOCH MINUTENLANG WEITER.
DA SAH SIE, WIE SICH DAS HAAR AUF SEINEM ARM PLÖTZLICH STRÄUBTE. UND DAS IN IHREM NACKEN TAT´S DARAUFHIN AUCH.

DER SOHN DER ROTEN WÖLFIN

IN EINER NORDHESSISCHEN PARALLELWELT
OHNE VERBRENNUNGSMOTOREN WÜRDE ES NOCH
HEUTE EINEN MITTELEUROPÄISCHEN URWALD GEBEN,
IN DEM BUCHENBESTÄNDE VORHERRSCHEN.

DIE LANDSCHAFT DER NORDHESSISCHEN MÄRCHEN

NEBEL IM HERBSTWALD

AUCH DER NORDHESSISCHE NATIONALPARK KELLERWALD - EDERSEE
WURDE IM JAHR 2011 ZUR „WELTERBESTÄTTE".

Am Trifelsbühl

AHNETAL AM KATZENSTEIN

KURZ BEVOR MAN HINTER DEM ORT DÖRNBERG ZUR STADT RUNTER
FÄHRT, GIBT ES DIESEN BESTIMMTEN *PUNKT* - AN DEM MAN, JE NACH
WETTERLAGE, NOCH MAL EINEN EINDRUCK BEKOMMT VON
SMARAGDGRÜNER, LICHTDURCHFLUTETER WEITE - BEVOR MAN
SICH DANN WIEDER TROLLEN MUSS, INS DUNKLE AHNETAL,
MIT SEINEN FINSTEREN KEHREN ...

DAS GEHEIMNIS DER KASSELER BERGE

SPRAYERKOMMENTAR ZU EINER APFELALLEE

„(...) WRITING IST DIE MITTLERWEILE AM WEITESTEN VERBREITETE
FORM VON GRAFFITI UND WIRD DESWEGEN VON DER ALLGEMEINHEIT
AUCH AM STÄRKSTEN WAHRGENOMMEN. (...) IN DER HIP-HOP-KULTUR
BILDET WRITING (...) EINES DER VIER WESENTLICHEN ELEMENTE."
WIKIPEDIA

Herbstnebel im Habichtswald

Ringwälle, Basalt und Burgruinen — der Habichtswald ist international bekannt. Hier zeigt er sein nebliges Herbstgesicht jedoch nicht in Wilhelmshöhe, sondern direkt in der Stadt Kassel über dem Schwimmbad in Harleshausen.

Dafür, dass es hier schon seit der Bronzezeit Menschen gibt, wirkt es manchmal noch ziemlich archaisch!

DER WALD BEI NIEDENSTEIN

ERZEBERG / CHATTENGAU   RINNSAL AM WEGRAND

AM ERZEBERG

KYRILL HAT IM JAHR 2007 DAFÜR GESORGT,
DASS JUNGE BÄUME WIEDER EINE CHANCE BEKOMMEN.
HIER KÖNNTE SICH NUN EIN MISCHWALD BILDEN,
ANSTELLE DER MONOKULTUR „FICHTENWALD".

Am „Märchenlandweg“

Im Bossental   Kassel-Wolfsanger

UNTERWEGS ZUR KITZKAMMER
AUF DEM HOHEN MEISSNER

EISENBAHNVIADUKT IN DER NÄHE VON WITZENHAUSEN

AUCH SOLCHE EISENBAHNVIADUKTE SIND MITTLERWEILE
RELIKTE VERGANGENER JAHRHUNDERTE.

HERBSTWALD UNTERHALB DER A 44 BEI OBERELSUNGEN

SICHTLICH INTERESSIERT BETRACHTET MEIN KRAD DIE DICHTEN
KÖNIGSFARNBESTÄNDE AN DER STRASSE ZWISCHEN
NIESTE UND KLEINALMERODE

MÄRCHENHAFTE ORTE

Der Barockpark Wilhelmshöhe wartet mit großartigen Ausblicken, der Löwenburg und einer sehenswerten Sammlung Alter Rosen auf. Schon zur Blütezeit der Rosa rugosa-Hybriden ist der Duft bis zum Mulang hin wahrnehmbar, zumindest bei sonnigem Wetter.

Im Habichtswald blitzen immer wieder erschröcklich anzuschauende Basaltfelsen durch die Baumgruppen. Der bekannteste von ihnen ist wohl der Hohlestein (http://www.egotrek.com/wanderkarten/nordhessen/etappe-28-ahnatal-zierenberg.html)

Auf dem Basaltmassiv Hoher Meißner sind - nicht zuletzt durch den Kohleabbau - fantastische Szenerien entstanden, zum Beispiel der unirdisch schöne Kalbesee. Frau Holle soll angeblich in der Gegend hausen, wobei oft vergessen wird, dass sie einst eine Jagdgöttin war, und keinesfalls nur eine Schnee erzeugende Großomama.

Im Chattengau zwischen Fritzlar und Kassel riecht es immer mal wieder nach der Zuckerfabrik. Waldige Basaltkuppen prägen die Landschaft, und um Bad Emstal herum ist häufig das Heulen des Hessencouriers zu hören.

Das Landschaftsschutzgebiet Bossental in Kassel-Wolfsanger ist ein lebendiges Museum historischer Obstsorten. Jede neue Teenagergeneration stattet es mit weiteren Gruben, Baumhäusern und anderen Verstecken aus, wobei mitunter die älteren wiederentdeckt und aufs Neue für diverse Teenageraktivitäten genutzt werden.

CORA FRIEDRICHS
DER SOHN DER ROTEN WÖLFIN

11.50; 176 Seiten im lesefreundlichen 17x22-Format.
In jeder deutschen Buchhandlung
und in den Internetbüchershops zu bestellen

ISBN 97 83 84 23 74 669

Die Geschichten
hinter den Bildern

Was wie eine launige Familiensaga
für Freunde nordhessischer Märchen beginnt, wird
schnell durchzogen von hintergründigem Horror...

Die zweifache Preisträgerin des Jungen
Literaturforums Hessen erweckt die märchenhafte
Seite der Region mit zwei wilden Geschichten
zum Leben.

Cora Friedrichs 2011:
Der Sohn der Roten Wölfin
oder Das Scheusal vom Hohen Meissner

Noch keiner hat es gewagt, ein Irrlicht zu suchen.
Geschweige denn, es auch noch zu rufen! Nur der
Sohn der Roten Wölfin zieht los, um seinen Leuten
so ein Ding zu besorgen. Aber dummerweise bringt
er am Ende ein Ungeheuer mit heim. -

- - In Nordhessens sehr nordhessischer
Paralleldimension hat es Fengur nicht leicht, denn er
ist jetzt erwachsen. Und die Geister des Waldes sind
nicht das einzige, womit sich der junge Werwolf
herumschlagen muss –

Die Welt der nordhessischen Märchen

ist auch im Einundzwanzigsten Jahrhundert noch sehr lebendig...

Cora Friedrichs 2010

Das Geheimnis der Kasseler Berge

Herr Phelan steckt in Schwierigkeiten. Eigentlich müsste er wieder Dorfwächter sein, und seine Leute beschützen - so, wie sich das für einen Werwolf gehört. Aber in diesem Herbst ist alles anders. Und darum versucht er, wenigstens seine Töchter zu retten -

- - Jahre später setzt seine herangewachsene Jüngste alles daran, ihren verwunschenen Vater zu erlösen - und mit dieser Besessenheit bringt sie bald Freund und Feind in Gefahr...

Neue Mythen für Nordhessen

Die beiden fantastischen Zweiteiler aus der Region der Wälder sind tiefgründige Märchen voller Allegorien, die auch vor brisanten Themen unserer Zeit nicht zurückschrecken.

PRESSESTIMMEN

„Je weiter man sich auf die Geschichte Fengurs und seines ungeheuerlichen Irrlichts einlässt, und mit der Wirklichkeit (...) des Nordhessischen Berglandes vergleicht, desto vertrauter werden einem die muffeligen Werwölfe (…) der kleinteiligen ländlichen Region. Und irgendwann spielt es gar keine Rolle mehr, in welchem der Paralleluniversen sich der Leser gerade befindet. Trotz des flapsigen Stils (…) ist das Buch ein literarisches Kunstwerk.

Wer (...) diese gelegentlich merkwürdige Gegend und Mentalität ein wenig besser verstehen möchte, für den ist `Der Sohn der Roten Wölfin´ geradezu ein Geheimtipp.

Gefühle (...) sind im Nordhessischen Paralleluniversum ohnehin so eine Sache. (…) Statt zu reden, schmeißt man viel lieber diese widerlichen Einhörner, die hier in der Gegend nun wirklich nichts zu suchen haben, um, oder verrollt Kroppzeug und Dämonen, selbst dann wenn es die eigenen sind. Geschrieben im schnoddrigen und sparsamen nordhessischen Redestil, liest sich Cora Friedrichs Geschichte trotz des emotionalen und psychologischen Tiefgangs (…) leicht, lebendig, und spannend, und immer wieder mit einem Schmunzeln."
Werra-Meißner-Magazin

„Sie (*die Autorin*) trifft jenseits von Moden und Zeitgeist den Nerv unserer Tage."
Hessisch -Niedersächsische Allgemeine Zeitung

„(`Das Geheimnis der Kasseler Berge´) spielt weniger in einer Gegend als vielmehr in der (...) angstbesetzten Seele der kleinen Werwölfin. Lieblingssatz: `Sybil blieb jetzt meistens ein Mensch. Denn sie hasste.´"
Hessisch -Niedersächsische Allgemeine Zeitung

"Die Faszination (…) geht jedoch von deren scheinbarer Realität aus. Alles, was so detailliert beschrieben wird, scheint wirklich." **Göttinger Tageblatt**

"Wer (…) den Eindruck einer heiteren Seite von Cora Friedrichs´ Schaffen gewonnen hat, dürfte sich anschließend ausmalen, welch lange Schatten wohl die düsteren Seiten werfen mögen" **InfoTip**

ISBN 97 83 84 23 74 669

Seite 1: Alte Esche in der Nähe der Schreckenberge
Seite 47: Das Bossental in Wolfsanger

Impressum
© 2012 Cora Friedrichs // 9,90E // ISBN: 9783842372634
Bibliographische Information der Deutschen Bibliothek: Die Deutsche Bibliothek verzeichnet diese Publikation in der Deutschen Nationalbibliographie; detaillierte bibliographische Daten sind im Internet über HTTP://DNB.DDB.DE abrufbar. Herstellung und Verlag: Books on Demand GmbH Norderstedt, Germany. Alle im Buch enthaltenen Informationen erheben keinen Qanspruch auf Richtigkeit und Vollständigkeit.

Weitere Empfehlungen
Wolfgang Lübcke, Manfred Delpho:
Im Reich der urigen Buchen (Bildband über den Nationalpark)
ISBN 3 932583183

Wolfgang Schwerdt:
Durch das Land der wilden Holl (E-Book)
Amazon Kindle Edition
ASIN: B005UPNLJM

Germeroth, Koenies und Kunz:
Natürliches Kulturgut (Bildband über den Landkreis Kassel)
ISBN 978 393 25 83 179